GIULIO

CONTE SENTIMENTAL

IMPROVISÉ PAR

L'EMPEREUR NAPOLÉON

> On parlera de sa gloire,
> Sous le chaume bien longtemps,
> L'humble toit dans cinquante ans
> Ne connaîtra plus d'autre histoire.
> (BÉRANGER.)

PARIS
LIBRAIRIE PARISIENNE.
A. HUBERT, ÉDITEUR
185, Galerie de Valois (Palais-Royal).

1832

GIULIO

CONTE SENTIMENTAL IMPROVISÉ

PAR

NAPOLÉON.

PARIS. — Imp. LACOUR et C., rue Soufflot, 16.

En prononçant ces mots, Bonaparte s'approcha de l'Impératrice en faisant geste de tirer un poignard (*V. page* 70).

GIULIO

CONTE SENTIMENTAL

IMPROVISÉ PAR

L'EMPEREUR NAPOLÉON.

On parlera de sa gloire,
Sous le chaume bien longtemps,
L'humble toit dans cinquante ans
Ne connaîtra plus d'autre histoire.
(BÉRANGER.)

PARIS
LIBRAIRIE PARISIENNE.
H. HUBERT, ÉDITEUR,
185, Galerie de Valois (Palais-Royal).

1852

UNE IMPROVISATION.

On parlera de sa gloire,
Sous le chaume bien longtemps,
L'humble toit dans cinquante ans
Ne connaîtra plus d'autre histoire.
(BÉRANGER.)

—

NOTE DE L'ÉDITEUR.

La prédiction de notre poète national s'est accomplie depuis longtemps déjà. Ce n'est pas seulement sous la modeste chaumière des campagnards, à la caserne ou sous la tente des soldats, dans nos ports ou sur nos vaisseaux, dans la mansarde ou dans l'atelier de l'ouvrier et de l'artiste, au cabinet du légiste, du philosophe, du littérateur, du publiciste; mais encore dans les salons et dans les palais, dans les assemblées des législateurs, dans les cours et dans les conseils des souverains, partout : les souvenirs du grand homme se vivifient, se multiplient, se perpétuent.

D'immenses publications, aussi variées dans leur esprit que dans leurs formes, n'ont pu rassasier cette avide curiosité, cet intérêt si profond, ces sentiments si divers que suscitent ou que réveillent les différentes péripéties d'une vie remplie de hauts faits, de triomphes et de revers gigantesques.

Aussi apportons-nous, avec autant

d'empressement que de confiance, notre tribut aux efforts continuels que la librairie française a tentés, pour vulgariser et répandre dans le monde cette immortelle histoire du génie de l'Empereur.

La tâche que nous nous donnons aujourd'hui, dans cette entreprise nationale, est celle d'une édition spéciale des œuvres littéraires de Napoléon.

Nous n'ignorons pas que la plupart des lettres, écrits, harangues et discours de l'Empereur ont été imprimés dans différents ouvrages ; mais quand même ces ouvrages ne seraient pas épuisés, il n'est pas douteux qu'on doive préférer à la volumineuse collection de ces œuvres disséminées dans des publications de temps et d'auteurs différents, une édition particulière, comprenant, dans quelques volumes d'un prix modique (dont chacun se vendra séparément), toutes les productions littéraires du grand homme.

Cette publication sera suivie d'un essai sur le génie de Napoléon, envisagé sous les différents aspects qu'il offre aux méditations du penseur.

H. H.

INTRODUCTION.

—

Lorsque l'influence d'un homme s'étend sur tout un peuple, avec une promptitude électrique ; qu'elle émeut et réunit autour d'elle toutes les forces et toutes les sympathies d'une nation ; que de là elle pénètre et chez les peuples qui l'environnent et dans les contrées les plus reculées des deux hémisphères, on peut dire que cette puissance est due à l'élévation du caractère, à la profondeur des pensées, à l'étendue des connaissances, à la rectitude des principes et à cette universalité des aptitudes qui révèlent le véritable génie.

Ainsi, conceptions stratégiques, organisation administrative et judiciaire, discussions législatives, traités diplomatiques, sciences et littérature : l'esprit de l'empereur Napoléon, apte à tout, s'adonnait à tout, naturellement et sans effort, et pour ainsi dire sans étude ni méditation préliminaires, tant son initiation était prompte et résolue, sa tactique sûre et décisive.

En tout, il a laissé des modèles et des préceptes impérissables, et, dans cette variété de richesses dont son génie a déployé la puissance, l'on ne sait laquelle on doit le plus admirer.

Parmi les productions de cet esprit, si vaste et si varié, la plus remarquable en son genre, par l'originalité des inspirations et les beautés du style, est peut-être celle qu'on va lire. — On y trouve à chaque page l'ardente imagination du grand homme, sa parfaite connaissance du cœur humain, cette sorte d'amour des choses mystérieuses qu'il révélait souvent, et enfin l'expression la plus dramatique des passions.

Mais ce n'est pas ici le lieu d'en faire l'éloge ou la critique; nous ne devons pas oublier que notre tâche unique est de transcrire cette œuvre.

On sait que Napoléon aimait à se

délasser des graves occupations qui auraient absorbé tout autre esprit que le sien, par des fables ou des conversations légères qu'il se plaisait à narrer lui-même, ou à se faire raconter.

Un soir, dans un voyage sur le Rhin, aux premiers temps de l'Empire, il était entré, comme il le faisait alors fréquemment, dans les appartements de l'impératrice Joséphine, qui l'accompagnait. Morne et silencieux, il s'était jeté sur un sopha; mais bientôt, cessant ce silence que personne n'eût osé interrompre, il se lève, marche à grands pas dans le salon, et improvise, avec une verve et une énergie émouvantes, le petit roman qui suit :

L'Oracle.

2

I.

L'Oracle.

« On vit paraître à Rome un être mystérieux, qui prétendait dévoiler les secrets de l'avenir, et qui s'enveloppait d'ombres si épaisses, que son sexe même était un objet de doute et de discussion. Les uns, en rapportant les étranges prédictions qu'ils avaient entendues de sa bouche, décrivaient les formes et les traits d'une femme, tandis que les autres justifiaient leur effroi en lui donnant l'aspect d'un monstre hideux.

« Cet oracle s'était établi dans un des faubourgs de Rome, au fond d'un palais désert, que la superstition et ses prestiges protégeaient suffisamment contre la curiosité de la populace. Personne ne pouvait assigner l'époque de l'arrivée de cet être singulier ; en un mot, tout ce qui avait rapport à son existence était entouré d'un secret impénétrable. On ne parlait à Rome que de la sibylle ; ce fut le nom qu'on s'accorda à lui donner : chacun brûlait de la consulter, mais bien peu trouvaient le courage de franchir le seuil de sa demeure. A l'approche de cet antre redoutable, la plupart des curieux étaient saisis d'une horreur qu'ils ne pouvaient attribuer qu'à un pressentiment fatal, et ils prenaient la fuite comme si une main invisible les eût repoussés avec violence.

« Camillo, jeune Romain d'une noble famille, résolut de visiter l'antre de la sibylle, et engagea Giulio, son ami intime, à l'accompagner dans cette aventure. Celui-ci, d'un caractère timide et irrésolu, refusa d'abord cette partie ; ce n'était pas la crainte d'un péril inconnu qui le faisait hésiter, mais Giulio frémissait à l'idée de voir soulever le voile salutaire qui lui cachait son avenir. Il céda cependant aux instances de Camillo. Le jour convenu, ils partent ensemble pour le palais fatal. La porte s'ouvre comme d'elle-même ; les deux amis entrent sans s'arrêter. Ils errent longtemps dans de longs appartements déserts, sans rencontrer personne, et se trouvent enfin dans une galerie fermée par un rideau noir, avec cette inscription : *Si vous voulez connaître votre destinée, passez ce rideau, mais préparez-vous par la prière.* Giulio ressent une agitation violente ; il tombe à genoux comme sans le vouloir. Était-il déjà sous l'influence du pouvoir mystérieux? Après quelques instants, les deux jeunes gens écartent le rideau, tirent leurs épées, et pénètrent dans le sanctuaire. Une femme vient à leur rencontre : elle était jeune, peut-être belle ; mais son aspect défie et repousse tout examen ; la froide immobilité de la mort, étrangement combinée avec le mouvement de la vie, forme l'expression de son visage. Comment trouver des mots pour définir ou pour peindre ces êtres surnaturels qui habitent sans doute des régions où le langage humain est inconnu? Giulio se sent tressaillir, et détourne les yeux; Camillo baisse les siens, et la sibylle leur demande le motif de leur visite. C'est Camillo qui prend la parole pour lui répondre; mais elle ne l'écoute pas : toute son attention semble absorbée par Giulio; elle est agitée; elle frémit, elle étend une main vers lui, comme pour le saisir, et fait soudain quelques pas en arrière. Camillo lui répète sa demande de lui révéler sa destinée; elle y consent, et Giulio se retire. Après une courte conférence, Camillo va rejoindre son ami, qu'il trouve plongé dans une profonde rêverie : « Allons, lui dit-il en souriant, reprends courage ; pour moi, je n'ai rien appris de bien terrible : la sibylle m'a promis que j'épouserais ta sœur Giuliana (ce mariage était en effet déjà convenu) ; elle a seulement ajouté qu'un léger accident retarderait un peu notre union. »

« Giulio franchit à son tour le rideau fatal, et Camillo reste dans la galerie. Bientôt il entend un cri terrible ; il reconnaît la voix de son ami et s'élance à son secours. Giulio était à genoux devant la sibylle, qui agitait sur sa tête une baguette, en prononçant ces mots terribles : « *Amour sans bornes ! sacrilége ! meurtre !* » Camillo, saisi d'horreur, s'approche de Giulio, qui, pâle et immobile, est hors d'état de se soutenir ; en vain il l'interroge, il ne peut obtenir aucune réponse de son ami, qui répète avec égarement les mots funestes : *meurtre !... sacrilége !...* (En accentuant ces mots, la voix de Napoléon était vraiment lugubre.)

« Camillo parvint enfin à ramener Giulio chez lui, et dès qu'il put trouver un prétexte pour le quitter, il courut chez la sibylle ; il avait résolu de lui parler et de la contraindre à une explication. Mais le palais était désert ; le rideau, l'explication, tout avait disparu ; il ne restait aucune trace de la magicienne, qu'on ne revit jamais.

« Quelques semaines s'écoulèrent ; le jour du mariage de Camillo fut fixé, et Giulio semblait avoir retrouvé sa tranquillité. Camillo évitait de l'interroger, dans l'espoir que cette scène horrible s'effacerait ainsi peu à peu de son souvenir. La veille du mariage, le marquis de Cosme, père de Giulio, fit une chute de cheval, et quoiqu'il ne reçût aucune blessure sérieuse, cet accident fit différer la célébration des noces. Giulio, Giuliana et Camillo entouraient le lit du marquis et déploraient le retard de leur bonheur. Camillo, frappé d'un souvenir soudain, s'écria à haute voix : « La prédiction de la sibylle est accomplie. » Chacun s'aperçut que cette exclamation jetait Giulio dans la plus grande agitation. Dès ce moment, il se ferma dans son appartement, et évita toute société. Il ne recevait qu'un vénérable moine qui l'avait élevé, et il avait avec lui de longues et mystérieuses confidences.

Camillo ne chercha plus à pénétrer jusqu'à son ami ; il sentait que c'était lui surtout que Giulio voulait fuir.

« Le jour si vivement désiré arriva enfin ; Camillo et Giuliana furent unis. Mais Giulio ne parut pas ; il avait quitté le toit paternel, et tout ce qu'on fit pour le découvrir fut sans succès : son père était au désespoir. Au bout d'un mois environ, il reçut la lettre suivante :

« MON PÈRE,

« Épargnez-vous des recherches in-
« utiles ; ma résolution est inflexible,
« rien ne peut la changer. Disposez de
« vos richesses, Giulio est mort pour
« le monde. Il en a coûté beaucoup à

« mon cœur de vous abandonner ; mais « je dois fuir une horrible destinée.

« Adieu ! oubliez le malheureux Giu- « lio ! »

« Cette lettre n'avait pas de date ; le messager était inconnu, et avait disparu après l'avoir remise. Le marquis interrogea le moine qui, seul, pouvait lui offrir encore quelque chance de retrouver son fils fugitif ; mais les instances et les menaces furent également vaines ; le moine ne se laissa ni persuader ni intimider. Il n'ignorait pas, répondit-il, les projets de Giulio, il s'y était longtemps opposé; mais il l'avait trouvé si fortement résolu, qu'il avait cru enfin de son devoir d'entrer dans ses idées ; il connaissait le lieu de sa retraite, mais aucun pouvoir sur la terre ne lui ferait trahir des secrets qui lui avaient été confiés sous le sceau de la confession.

« Giulio était allé à Naples, et de là s'était embarqué pour Messine, où il se proposait d'entrer dans un couvent de Dominicains que son confesseur lui avait recommandé. Le père Ambrosio, supérieur de ce couvent, avait une piété trop réelle et un esprit trop éclairé pour tirer avantage de l'imagination troublée d'un jeune homme ; et ce fut en vain que Giulio le supplia de le dispenser du noviciat, il ne voulut jamais y consentir. Giulio fut obligé de se soumettre à cette épreuve ; mais sa résolution demeura inébranlable. Il était dominé par une superstition étrange, et croyait ne pouvoir échapper à son sort, qu'en embrassant la vie monastique. Le souvenir de la sibylle le poursuivait, et les mots qu'elle lui avait adressés retentissaient sans cesse à son oreille : *Amour sans bornes! sacrilége! meurtre!* Le cloître lui semblait être le seul refuge où il pût se mettre à l'abri de l'amour et du crime. Malheureux! comme si les murs, les vœux, ou les règles d'un cloître, pouvaient arracher un homme à sa destinée. »

On a dit que cette réflexion semblait s'appliquer, dans l'esprit de Napoléon, à tout autre qu'au héros de son roman, tant sa conviction paraissait profonde. — Cette supposition ne manque pas de vraisemblance, quand on réunit certains souvenirs de la vie du grand homme.

Quoi qu'il en fût, l'attention des auditeurs étant de plus en plus sollicitée, le récit continua ainsi, après un repos de quelques instants.

Amour sans bornes. Sacrilége.

II.

Amour sans bornes ! sacrilége !

« L'année du noviciat expira. Giulio prononça ses vœux ; il se croyait heureux, et se sentait du moins soulagé des tourments qu'il avait soufferts. L'idée du sacrifice qu'il venait de consommer ne se présenta pas un seul instant à lui pour troubler et attrister ses pensées. Mais le soir même de ce jour solennel, au moment où il allait se retirer dans sa cellule, il rencontra un des moines du couvent, qui lui prit la main, la serra affectueusement, et lui dit : « Frère, c'est pour toujours. » Ces mots, pour toujours, frappèrent Giulio. Que le pouvoir d'un mot sur un esprit faible est merveilleux ! Ceux-ci semblèrent révéler pour la première fois à Giulio l'étendue de son sacrifice ; il se regarda comme un être déjà mort, pour qui le temps n'existait plus ; il tomba dans une sombre tristesse et parut supporter avec peine le poids de la vie.

« Le père Ambrosio vit avec compassion l'état de ce jeune homme ; il lui suffit de le savoir malheureux pour éprouver un tendre intérêt en sa faveur, et il pensa que l'occupation pourrait le distraire de sa mélancolie. Giulio avait beaucoup d'éloquence, Ambrosio le nomma prédicateur du couvent. Sa réputation s'étendit facilement : la foule accourait de toutes parts pour l'entendre. Il était jeune et beau, et sans doute le mystère qui l'environnait prêtait un charme de plus à ses paroles. Le temps approchait où l'on allait célébrer une grande fête, à laquelle le roi de Naples et toute sa cour devaient assister ; Giulio fut choisi pour prononcer le panégyrique de saint Thomas, patron du couvent, et l'on fit à cette occasion de grands préparatifs. Le jour arriva ; une foule immense remplissait l'église; Giulio la traversait avec peine, pour arriver à sa chaire, quand au milieu de ses efforts, son capuchon tomba et laissa voir son visage à découvert. En ce moment, il entendit une voix s'écrier : « Grand Dieu ! qu'il est beau ! » Surpris, agité, il se retourna involontairement, et vit une femme dont les yeux étaient fixés sur lui avec l'expression la plus pénétrante. Ce seul instant suffit pour bouleverser l'existence de deux êtres. Giulio débita son sermon, et, aussitôt qu'il se trouva en liberté, il courut se renfermer dans sa cellule. Mais il n'était plus le maître de se livrer à ses méditations ordinaires. Poursuivi par l'image de cette femme inconnue, éprouvant des sentiments tout-à-fait nouveaux pour lui, troublé, inquiet, il ne peut plus trouver de repos, et cependant il lui semble qu'il n'a commencé à exister que du moment où il a entendu cette voix dont l'accent a pénétré son cœur. Il n'ose pas hasarder une pensée sur l'avenir. Hélas! que lui servirait-il? Sa destinée est irrévocable. Tous les matins, il va célébrer la messe; tous les matins, il remarque à la même place une femme voilée. Il la reconnaît et n'ose pas même désirer de voir ses traits, car alors il devrait l'éviter; mais il se permet de fixer ses regards curieux sur le voile; il suit tous les mouvements de celle qui le porte; il sent, pour ainsi dire, les battements de son cœur, et le sien leur répond. Trop faible pour s'arracher au danger, il tremble de s'examiner, il recule devant la vérité Sa vie tout entière est réduite à quelques moments rapides : pendant ces moments il existe; le reste de ses jours est un néant absolu. Il voudrait fuir : « Si elle revient demain à l'église, se dit-il enfin, je n'y retournerai pas. » Armé de cette résolution, il se croit en sûreté, et il lui semble qu'il se trouve plus tranquille.

« Le lendemain, il se rend à l'église un peu plus tôt que de coutume : elle n'y était pas ; quand tout le monde fut sorti, il s'approche du siége de l'inconnue, et, apercevant son livre de prières, il le saisit, l'ouvre et lit sur la première page le nom de Thérésa. Maintenant donc, il pourra l'appeler par son nom ; il pourra répéter mille fois ce nom chéri. Thérésa! Thérésa! murmure-t-il à voix basse, comme s'il craignait d'être entendu, quoiqu'il soit tout-à-fait seul. Puisqu'elle n'a pas reparu, il n'a pas de scrupules pour retourner à l'église ; mais les jours, les semaines s'écoulent, et Thérésa est toujours absente.

« Thérésa, épouse d'un vieillard qu'elle aimait comme un père, était heureuse en remplissant ses devoirs, et ne soupçonnait pas d'autre bonheur que celui qui était son partage. Elle vit Giulio, et la paix de son cœur fut perdue. L'âme de Thérésa était si ardente, que son premier sentiment véritable devait décider du sort de sa vie : — Elle adora Giulio. Jusqu'à cet instant critique, son mari avait été le confident de toutes ses pensées ; mais elle ne lui parla jamais de Giulio : ce mystère lui était pénible et semblait l'accuser à ses propres yeux. Elle sentit qu'il y avait un danger à éviter, et elle eut le courage de s'abstenir d'aller à la messe. Dans l'espoir de calmer le trouble de son cœur, elle voulut avoir recours à la confession, et résolut, à cet effet, de retourner à l'église des Dominicains.

Thérésa choisit l'heure où elle savait que Giulio était occupé; elle s'approcha du confessionnal, et là, à genoux, elle raconta tout ce qu'elle avait éprouvé depuis le jour de la fête du couvent; le plaisir qu'elle avait eu à voir Giulio tous les jours; les remords qui avaient suivi ce bonheur, et le courage qu'elle avait eu de l'éviter; mais elle craignait que la force ne vînt bientôt à lui manquer : « Que dois-je faire, s'écria-t-elle ; ayez pitié, mon père, d'une pauvre pécheresse ! » Ses larmes coulaient par torrents, son agitation était extrême. A peine avait-elle cessé de parler, qu'une voix menaçante prononça ces paroles : « Malheureuse ! quoi! un sacrilége ! » Giulio, car c'était lui que la destinée avait amené à recevoir cet aveu, s'élance à ces mots du confessionnal. Thérésa, toujours à genoux, saisit sa robe, le supplie de rétracter sa malédiction ; elle l'implore au nom de son salut, elle l'implore au nom de son amour. Giulio la repousse, mais bien faiblement : « Thérésa, Thérésa, s'écrie-t-il enfin, quittez ces lieux! bientôt ma résolution va s'évanouir. » A ces mots, Thérésa se jette sur son sein, et l'enlace de son amour : « Dis-moi, s'écrie-t-elle... oh! dis-moi que je suis aimée, avant que je me sépare de toi! »

« Giulio, épouvanté, hors de lui-même, tremblant d'être surpris, répond un moment à ses caresses, et la presse contre son cœur; mais tout-à-coup, frappé du souvenir de la prédiction, il jure de la fuir pour toujours, et, sans aucune explication, il exige d'elle le même serment. Thérésa, tout entière à sa passion, comprend à peine ses paroles, et consent à tout ce qu'il lui dicte. Que lui importe, en effet, son langage : il lui suffit qu'il l'aime, elle est sûre de le revoir!...

« Giulio, seul, rendu à ses propres réflexions, tremble de penser à son imprudence; mais il est trop tard pour éviter le danger, il n'a pu échapper à sa destinée. Il est déjà en proie à cet *amour sans bornes ;* le *sacrilége* est déjà commis. N'a-t-il pas avoué sa passion dans l'église même où il prononça ses vœux de sainteté ? Et, cependant, il a juré de fuir Thérésa pour toujours. Étrange inconséquence du cœur humain ! ce qui devait être son châtiment fait sa consolation ; mais, dans cette lutte pénible, le malheureux Giulio n'a qu'une alternative de misère. Thérésa est moins effrayée : elle est femme ; Giulio l'aime, il l'a déclaré, elle brave les coups du sort. Avec quel délice elle se retrace les rapides instants qu'elle a passés ; une pareille heure laisse plus de souvenirs qu'une vie tout entière sans amour. Elle ne se rappelle même plus sa promesse d'éviter Giulio ; elle

4.

retourne à l'église, elle voit Giulio, qui semble avoir aussi oublié son serment. Toute son existence est absorbée par sa passion, et quand il contemple Thérésa, l'univers disparaît à ses yeux. Ils s'abstenaient toutefois d'avoir ensemble aucune conversation. Giulio, dans l'absence de Thérésa, était tourmenté d'amers remords ; mais un seul de ses regards rappelait le charme fatal dans son âme. Il résolut enfin de lui parler, et de lui dire un éternel adieu.

« Il y avait, à la porte du couvent, une pauvre femme et son enfant, qui vivaient des aumônes de Thérésa ; le petit Carlo la suivait souvent, portait son livre d'église, et priait à ses côtés. Giulio, qui n'osait pas aborder Thérésa, chargea Carlo de lui dire que le père

Giulio l'attendrait au confessionnal, à sept heures du soir. Quelle journée pour Giulio ! Il frémit à l'idée de se trouver seul avec Thérésa. Il craint de manquer de courage pour lui dire adieu, il ne pourra jamais s'y résoudre ; il se décide à ne pas la voir, mais à lui écrire, et Carlo est chargé de lui remettre la lettre aussitôt qu'elle entrera dans l'église. Thérésa, en recevant son premier message, se sentit troublée : « Que veut-il de moi? dit-elle ; nous étions si heureux ! » Cependant, elle ne manque pas de se rendre à l'église à l'heure indiquée. Carlo lui donne la lettre ; elle l'ouvre avec une émotion extrême ; mais quel est son désespoir en lisant ce que Giulio lui écrit :

« Fuis, femme imprudente, et ne

« viens plus souiller la sainteté de ce « lieu ! Bannis un souvenir qui fait le « tourment de ma vie ! Je ne t'ai jamais « aimée ; je ne veux plus te revoir ! » Cet arrêt perça le cœur de Thérésa. Elle aurait pu lutter contre ses remords, mais il ne l'aime plus, il ne l'a jamais aimée !..... Ses remords étaient moins amers que ses paroles !..... Elle fut attaquée d'une fièvre violente, sa vie fut en danger ; le nom de Giulio errait souvent sur ses lèvres ; mais l'amour la protégea jusque dans son délire ; ce nom ne fut pas trahi : seulement, elle murmurait de temps en temps, à voix basse : « Je ne t'ai jamais aimée ! »

« Giulio, cependant, a-t-il retrouvé sa tranquillité ? a-t-il étouffé ses remords ? Non, sa vie est misérable ;

après avoir déclaré à Thérésa qu'il ne l'aimait plus, il s'abandonne sans réserve à sa fatale passion. Le sacrifice lui semble suffisant, tant cette lettre avait été un effort terrible ! Oh ! Thérésa, si tu pouvais connaître ce qu'elle a coûté au malheureux Giulio, ta propre douleur serait adoucie par l'idée de ses souffrances. Giulio était en proie à l'inquiétude la plus déchirante : trois mois s'étaient écoulés, et il n'avait aucune nouvelle de Thérésa. Le temps semblait encore irriter son amour, et plus que jamais il évitait la société des hommes. Sous le prétexte du mauvais état de sa santé, il se fit dispenser par le père Ambrosio de tous devoirs extérieurs. Il était constamment renfermé dans sa cellule, ou il errait toute la nuit au milieu des tombeaux, s'enivrant du désordre de ses sentiments, n'ayant le courage ni d'étouffer son amour, ni d'y céder ; déchiré surtout par les angoisses de cette incertitude cruelle qui use la vie, sans souvenir ni espérance.

« A la longue maladie de Thérésa succéda un état de langueur non moins alarmant ; elle se sentait mourir, et elle voulut remplir ses derniers devoirs religieux. Son mari, qui l'aimait avec tendresse, voyait bien que quelque chagrin secret la précipitait au tombeau ; mais il respecta son silence et ne se permit pas une seule question : il pria le père Ambrosio, qui jouissait d'une grande vénération, de venir visiter Thérésa. Ambrosio y consentit ; mais une circonstance imprévue l'empêcha d'exécuter sa promesse ; il chargea Giulio de le remplacer, et d'aller chez le seigneur Vivaldi, mari de Thérésa, verser quelque baume sur les douleurs d'une mourante. Hélas! Giulio, en proie lui-même au plus sombre désespoir, n'avait que des larmes, des sanglots et pas une parole de consolation à offrir! Il voulut s'excuser, mais en vain; Ambrosio persista à lui imposer l'obligation de remplir ce devoir. Giulio obéit donc et se présenta chez le seigneur Vivaldi. On le conduisit dans un appartement faiblement éclairé, où de nombreux amis en pleurs entouraient le lit d'une femme; à son arrivée tout le monde se retira par respect pour ses fonctions, et Giulio resta seul avec la malade.

« Giulio, agité d'un trouble indéfinissable, demeura immobile et irrésolu.

« Mon père, dit la mourante, y a-t-il « quelque miséricorde en réserve dans « le ciel pour une pécheresse..... » A peine ces mots sont-ils prononcés, que Giulio est à genoux auprès du lit de mort. « Thérésa! Thérésa! » s'écria-t-il. Qui pourrait décrire ce qu'ils éprouvaient tous deux? Toute explication était inutile: — ils s'aimaient. Giulio lui redit tout ce qu'il avait souffert pour elle, et s'accuse de tout ce qu'elle avait souffert elle-même : « Pardon! oh, pardon! « Thérésa, Giulio est à toi pour tou- « jours! » Ces tendres paroles ranimèrent Thérésa; elle ne pouvait parler, mais elle voyait Giulio, elle l'entendait, elle pressait sa main; mourir ainsi lui paraissait plus doux que la vie. Giulio la pressait dans ses bras; il aurait voulu prolonger ses jours au prix des siens :

« Tu vivras ! n'est-ce pas? Ton ami est « avec toi ! Ma Thérésa, parle-moi ! ne « dois-je plus t'entendre? » Le son de cette voix sembla rappeler les forces de Thérésa : « Je t'aime, Giulio, je t'aime, » murmura-t-elle ! Ces mots contenaient, pour ainsi dire, toute sa vie ; qu'avait-elle besoin d'en dire davantage? Les moments d'un semblable entretien s'écoulèrent rapidement ; la certitude de se revoir put seule leur donner le courage de se séparer. Thérésa revint à la santé ; Giulio la voyait chaque jour ; une douce intimité régnait entre eux, et Giulio semblait oublier ses remords et ses scrupules. Tout occupé de Thérésa, il suivait avec l'intérêt le plus tendre les progrès de son rétablissement ; il n'osait pas l'affliger ; il sentait que sa vie dépendait de lui, et il interprêtait ce prétexte comme un devoir.

« Cependant deux ans s'étaient écoulés depuis qu'il avait quitté Rome ; le jour de l'anniversaire de la fatale prédiction, il tomba dans une sombre rêverie. Théresa voulut savoir d'où venait sa tristesse ; — elle ne l'avait jamais questionné ; mais maintenant, décidée à partager ses chagrins, elle avait besoin d'en connaître la cause. Giulio lui raconta son entrevue avec la sibylle, et sa fuite du toit paternel : dans le cours de son récit, tous ses horribles souvenirs se réveillèrent, et il s'écria avec l'accent de la terreur : « *Amour sans bornes ! Sacrilége ! Meurtre !* »

« L'émotion de Théresa était extrême, mais les mots *amour sans bornes* jetaient un charme fatal sur son cœur et son imagination ; et quand Giulio répètait : *sacrilége ! meurtre !* elle répondait doucement : amour sans bornes ! croyant ainsi calmer le trouble de ses esprits ; car, pour elle, l'amour était tout. Quelquefois Giulio, entraîné par la violence de sa passion, fixait sur elle un regard ardent qu'elle n'osait pas rencontrer ; elle sentait son cœur palpiter, tout son corps frémir, et un dangereux silence succédait à ces émotions tumultueuses. Cependant ils étaient heureux, car ils n'étaient pas coupables encore. Giulio fut obligé de s'absenter pour remplir une mission importante dont l'avait chargé le père Ambrosio ; il n'eut pas le courage de faire de vive voix ses adieux à Thérésa, il lui écrivit en lui promettant un prompt retour. Mais, retenu par mille obstacles, il resta plus d'un grand mois avant de pouvoir revenir à Messine. A son arrivée, il courut aussitôt vers Thérésa, qu'il trouva seule sur une terrasse au bord de la mer, absorbée par la pensée de son amour. Jamais elle ne lui avait paru si belle, si séduisante ; il la contempla un moment en extase. Mais il ne put résister longtemps au bonheur de lui parler, d'entendre sa voix ; il l'appela, elle tressaillit, l'aperçut et vola dans ses bras. Enivré de sa tendresse, Giulio y répondait avec transport ; mais tout-à-coup il la rejette loin de lui avec horreur, il tombe à genoux et demeure les mains jointes, l'œil fixe, agité d'un frémissement universel. Sa pâleur mortelle et l'expression égarée de ses regards achevaient de rendre cette scène terrible pour Thérésa. Elle n'osait l'approcher, et, pour la première fois, était incapable de partager son émotion. « Thérésa, dit-il enfin d'une voix som-« bre, il faut nous séparer! tu ne sais « pas tout ce que tu as à craindre. » Thérésa l'entend à peine, mais elle voit son agitation et cherche à la calmer; — il la repousse encore : « Au nom du « ciel, s'écrie-t-il, ne m'approche pas. » Elle reste tremblante et immobile; elle ne connaissait l'amour que par sa tendresse et ne pouvait comprendre ses fureurs. Giulio, impatient de son silence, se lève brusquement : « Demain, dit-il, « mon sort sera décidé; » et il part sans laisser à Thérésa le temps de lui répondre. »

Ici l'improvisateur s'était tellement identifié avec les êtres créés par son ardente imagination, que tout le monde, en proie à d'inexprimables émotions, ne semblait plus écouter la narration d'une fable, mais assister à un drame réel, dont les attachantes péripéties se déployaient en effet sous leurs yeux.

« Le lendemain, Thérésa reçut le billet suivant :

« Thérésa, je ne puis plus vous voir ;
« je suis malheureux avec vous. Je sais
« que vous ne pouvez pas comprendre ce
« que je sens. Thérésa, il faut que tu
« te donnes à moi, mais il faut que ce
« soit de ta propre volonté : jamais je
« n'aurai le courage d'abuser de ta fai-
« blesse. Hier, tu l'as vu, je me suis ar-
« raché de tes bras, car tu n'as pas dit :
« Je veux être à toi. Cependant, penses-y
« bien, nous nous perdons à jamais.

« Oh! Thérésa, perdition éternelle! que « ces mots sont terribles; même dans « tes bras, ils troubleront mon bonheur. « Pour nous, plus de paix; la mort, « notre unique ressource, n'en est elle-« même plus une pour nous! Demain, si « tu veux me revoir (et tu sais à quel « prix); demain, dis-je, tu enverras « Carlo à l'église. S'il apporte ton livre « de prières, Thérésa, c'est que tu re-« nonces à Giulio; mais, s'il vient sans « ce livre, alors, tu es à moi pour tou-« jours. Pour toujours! c'est le mot de « l'éternité; comment oser le prononcer!

« Adieu. »

« Thérésa, douce et timide, fut frappée d'effroi à la lecture de cette lettre : les mots *perdition éternelle* lui sem-

blaient une horrible malédiction. « Giu-
« lio, s'écria-t-elle, nous étions si heu-
« reux! pourquoi notre bonheur n'a-t-il
« pu te suffire? » Elle ne savait à quoi se résoudre; ne plus le voir était impossible, « et cependant, disait-elle, le re-
« mords le poursuivra sans cesse. Oh!
« Giulio, tu me confias ta destinée, je
« dois me sacrifier pour te sauver. » Carlo fut chargé de porter le livre à l'église; il le plaça sur la chaise que Thérésa occupait ordinairement.

« Quant à Giulio, un surcroît d'amour, un surcroît de remords lui était devenu nécessaire; cependant, malgré la violence de sa passion, il ne pouvait se résoudre à posséder Thérésa, sans qu'elle se donnât à lui volontairement. Cruel par faiblesse, il voulait ainsi jeter sur elle toute la responsabilité du crime. L'église était depuis longtemps déserte; Giulio attendait Carlo : il le vit approcher du siége de Thérésa, et y déposer le livre. Il n'est plus maître de lui; il s'élance, saisit le livre, le rend à Carlo, et lui ordonne de le reporter à sa maîtresse. Il demeure longtemps immobile, à la place même où il avait attendu l'arrêt de son sort et de celui de Thérésa. Enfin, sortant du trouble où l'avait plongé la confusion de ses pensées : « Je « la verrai, murmura-t-il. »

« Carlo retourna vers Thérésa, et lui rendit son livre, en lui disant que le père le lui envoyait. Quelle fut l'émotion de Thérésa? Elle savait que Giulio allait revenir, et elle alla l'attendre sur la même terrasse où ils s'étaient vus la dernière fois. Il parut enfin, mais morne, sombre, marchant d'un pas mal assuré. Thérésa lut dans son âme; elle avait frémi à l'idée de cette entrevue; elle avait eu la force de la refuser, mais en voyant le bien-aimé de son cœur si misérable, elle ne trouva plus de courage que pour le consoler; elle n'était plus timide et tremblante, elle s'approcha de lui.

— Giulio, lui dit-elle, je suis à toi!...

. . . .

. . . .

On ne saurait rendre compte de l'impression que produisirent et le ton dont ces mots furent prononcés, et le silence même qui suivit ces paroles.

Napoléon s'arrêta quelques instants au milieu de cet éloquent mutisme, puis il reprit en ces termes :

Meurtre.

III.

Meurtre.

« Giulio, dévoré de remords, devient sombre et farouche, même auprès de Thérésa; les plus tendres caresses n'avaient plus le pouvoir de l'adoucir. Cependant l'amour de Thérésa s'était accru de son sacrifice même; elle soupirait en secret du changement qu'elle remarquait en Giulio, mais elle n'osait pas s'en plaindre : elle craignait de l'affliger ; elle se flattait toujours de l'espoir de le rendre si heureux, qu'il oublierait tout près d'elle. Giulio, loin de répondre à son affection, l'accusait de ses malheurs : « Tu m'as séduit, tu m'as « perdu ! disait-il, sans toi, mon âme « serait encore pure. » Ses visites devinrent moins fréquentes et cessèrent enfin tout-à-fait. Thérésa le faisait demander, allait constamment à l'église, lui écrivait chaque jour ; ses lettres lui étaient renvoyées sans être ouvertes, et Giulio ne sortait plus de sa cellule. Mais il était nécessaire que Thérésa lui parlât pour lui confier un nouveau secret ; hélas ! le secret d'une mère ! Que va-t-elle devenir, s'il persiste à l'abandonner? Elle apprend que le dimanche suivant Giulio doit célébrer l'office ; elle sent qu'elle ne doit pas négliger cette occasion ; c'est plus que sa vie qui en dépend. Cette idée l'arme de force et de courage. Un projet important l'occupe et l'absorbe tout entière; les deux jours qui précèdent celui où elle doit voir Giulio sont employés à tout préparer pour la fuite qu'elle médite. La situation du couvent, placé au bord de la mer, facilitera son entreprise; quant au lieu où ils dirigeront leur fuite, elle n'y a pas songé un instant, Giulio en décidera à son gré; car, excepté Giulio, tout est devenu indifférent pour Thérésa.

« Elle avait loué une petite barque, et avait tout arrangé avec tant de secret et de prudence qu'on ne soupçonnait rien de son dessein ; son trouble même lui épargnait le tourment de songer aux obstacles qu'elle allait rencontrer. Le jour si impatiemment attendu arriva enfin, et Thérésa, enveloppée dans un long voile noir, alla se placer près de l'autel. Giulio ne pouvait la distinguer, tandis qu'elle épiait tous ses mouvements ; et, quand l'assemblée se fut dispersée, elle se glissa derrière une colonne près de laquelle il devait nécessairement passer en retournant au cloître. En le voyant approcher, elle s'aperçut qu'il était plus que jamais en proie à la douleur : ses bras étaient croisés sur son sein, sa tête penchée ; il marchait du pas lourd et traînant d'un criminel. Thérésa vit son désespoir avec une profonde émotion ; elle aurait sacrifié sa propre vie à son repos ; mais elle n'était plus maîtresse d'hésiter, l'être innocent auquel elle allait bientôt donner la vie lui demandait un père. Elle se présente devant Giulio : « Arrêtez, s'écrie-« t-elle, Giulio : il faut que je vous « parle ; il faut que vous m'écoutiez ! « Je ne vous quitte plus que vous ne « m'ayez donné la clef du jardin de « votre couvent... *Il faut* que je l'aie. « Oh ! Giulio, ce n'est plus ma vie seule « qui dépend de vous ! » A ces mots, Giulio croit s'éveiller d'un rêve terrible : « Malheureuse, s'écrie-t-il, que dis-« tu ? Pars ! fuis loin de ce lieu ! » Mais Thérésa se jette à ses pieds, et jure qu'elle ne le quittera pas qu'il ne lui ait accordé sa demande. Tous les efforts de Giulio pour lui échapper sont inutiles, une force surnaturelle semble animer Thérésa. « Jure-moi, dit-elle, qu'à « minuit nous nous reverrons. » Tandis qu'elle le presse avec instance, Giulio entend un léger bruit; il lui donne la clef. « A minuit, » dit-il, et ils se séparent. A minuit, Thérésa se rendit au jardin; la nuit était sombre; elle n'ose pas appeler dans la crainte d'être découverte, mais bientôt elle entend les pas de quelqu'un qui s'approche : c'était Giulio. « Que me veux-tu? lui dit-il; « parle, les momens sont courts! Cesse, « je t'en conjure, de poursuivre un « misérable qui ne pourra jamais te « rendre heureuse. Thérésa, je t'aime! « sans toi, la vie est un fardeau insup-« portable, et, près de toi, mes re-« mords sont un tourment au-dessus de « mes forces; ils empoisonnent jusqu'à « mes plus doux instants. Tu as vu mon

« désespoir. Combien de fois t'ai-je « accusée! pardon, pardon, ma bien-« aimée ! Il est juste que je me punisse « moi-même : j'ai renoncé à toi, ce sa-« crifice expie mon crime. » Il cessa de parler, suffoqué par la douleur. Thérésa cherche à le consoler, à lui faire entrevoir un avenir plus heureux : « Giulio, dit-elle, si ce n'eût été que « pour moi, je n'aurais pas osé venir te « chercher ici. Comme toi, je n'aurais « pas craint la mort; mais le gage de « notre amour demande que nous vi-« vions; viens donc, Giulio, partons! « tout est prêt pour notre fuite. » Giulio, dans une agitation terrible, se laisse conduire par elle; encore quelques minutes, et ils vont être unis pour toujours; mais tout-à-coup il se dégage des bras de Thérésa : « Non, s'écria-t-il, jamais! » Et il lui plongea un poignard dans le sein. »

En prononçant ces mots, Bonaparte s'approcha de l'impératrice en faisant geste de tirer un poignard : l'illusion fut si forte que les dames de la suite se jetèrent entre lui et sa femme, en poussant un cri de terreur. Bonaparte, comme un acteur consommé, poursuivit son récit sans se troubler et sans paraître remarquer l'effet qu'il avait produit.

« Elle tombe, et Guilio est couvert de son sang. Il demeura immobile, la contemplant d'un œil égaré. Le jour commençait à poindre, la cloche du couvent sonna la prière du matin. Giulio souleva le corps inanimé de celle qui l'avait si tendrement chéri, et le jeta à la mer. Puis d'un pas précipité, et hors de lui, il entra dans l'église ; sa robe teinte de sang, le poignard qu'il tenait encore à la main, tout le dénonce. On le saisit bientôt, sans qu'il fît aucune résistance. Giulio disparut pour jamais. »

L'impératrice pressa l'empereur d'ajouter quelques détails sur le sort de Giulio : l'empereur répondit laconiquement : « Les secrets des cloîtres sont impénétrables ! »

L'histoire de Giulio n'est pas une fiction, a-t-on dit, une aventure à peu près semblable serait arrivée, avant la Révolution, dans un couvent de Lyon, et Napoléon, ayant eu l'occasion d'en lire le récit, en avait fait le sujet de son improvisation.

Que cela soit vrai, ou non, qu'importe? Le conte n'en est-il pas moins une création très remarquable et réellement digne du grand homme? N'en doit-on pas moins admirer les ressources infinies de cet esprit vaste et fécond, soit qu'il ait créé de toutes pièces cette merveilleuse histoire, soit qu'il n'en soit que le narrateur.

D'ailleurs, c'est spécialement sous ce dernier rapport que cette publication mérite l'intérêt et provoque la curiosité.

Sans doute, on ne peut traduire pour la postérité les traits si vifs et si brillants de cette célèbre improvisation, mais l'histoire de Giulio intéressera réellement tous ceux qui la liront, et ceux-là surtout qui ont connu, ou seulement ont pu entendre, ou apercevoir le grand homme.

FIN.

PARIS. — Imp. LACOUR et Cie, rue Soufflot, 16.

www.ingramcontent.com/pod-product-compliance
Ingram Content Group UK Ltd.
Pitfield, Milton Keynes, MK11 3LW, UK
UKHW021110290826
14628UKWH00014B/1555

9 782011 762078